Una historia de Pierre Delye
Ilustrada por Magali Le Huche

¡CiERRA EL PiCO!

CULTURA
SECRETARÍA DE CULTURA

CIDCLI

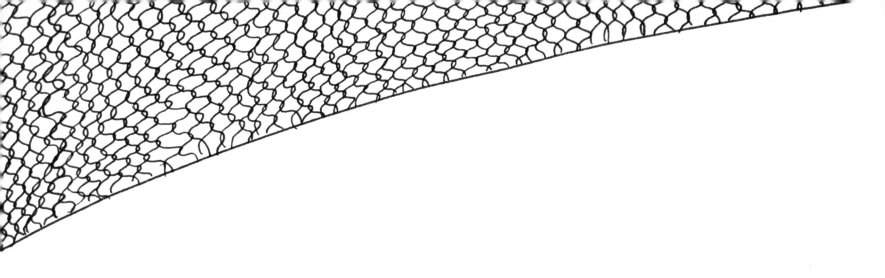

¡Uno, dos, tres, cuatro, cinco, seis, siete, ocho, nueve!

¡Nunca Mamá Gallina
    había puesto tantos huevos!

¡Nueve!

Pero su alegría no dura,
porque uno de los huevos... ¡se pone a hablar!

A Mamá Gallina le desespera este futuro pollito que pía sin cesar.

Mamá gallina está feliz esta mañana.
¡Los pollitos salieron por fin del cascarón!

¡UNO,
DOS,
TRES,
CUATRO,
CINCO,
SEIS,
SIETE,
OCHO...
NUEVE

¿Cómo? ¿El huevo número **NUEVE** sigue cerrado?

¿Quién está dentro?
¡Ay no!, ¿él?
Sí, es el parlanchín.

Y cuando decide por fin salir,
apenas se asoma
comienza a abrir el pico.

Y en seguida,
Mamá Gallina empieza a gritar:

–¡Ay no, basta ya!
–¡Estoy cansada
de oírte parlotear!
¡Cierra el pico!

–¡Cierra el pico!
¡Cierra el pico!

—pían a coro sus ocho hermanos y hermanas.

Y el pollito se tiene que callar...
Y dice para sí mismo:

"Cierraelpico.
¿Así me llamo?
¡Qué nombre tan raro!"

Al día siguiente, por primera vez,
Mamá Gallina saca a sus chiquitos.

De inmediato,
todos los pollitos se dispersan por doquier.
Luego Mamá Gallina los junta.

—Voy a enseñarles cómo sacar gusanos de la tierra.

Todos los pollitos se asombran.
Todos, menos uno, que observa atentamente al gallo
hasta que le pregunta:

—Dime, papá,
¿el sol sale cuando tú cantas
o tú cantas cuando sale el sol?

Entonces, Mamá Gallina, los ocho pollitos
y el gallo empiezan a gritar:

–¡Ay ya, cierra el pico!
–¿Vas a callarte, pollito, vas por fin a callarte?
–¡Cierra el pico!

¿Y Cierraelpico?
Se tiene que callar.

Al día siguiente, Mamá Gallina lleva a sus pollitos al establo.

–Voy a presentarles a nuestra vecina.

¡Ah, la vaca! ¡Qué grande es, qué hermosos cuernos tiene!
Y las pezuñas... comparadas con sus patitas... Todo esto les parece fantástico.
Los pollitos están pasmados.

Todos, menos uno, al que no le interesa y que pregunta:

–Dígame, señora vaca, ¿su cola sabe de dónde viene el viento?

Entonces, Mamá Gallina, los ocho pollitos, el gallo
y la vaca empiezan a gritar:

–¡Ay ya, cierra el pico!

–¿Vas a callarte, pollito,
vas por fin a callarte?

–¡Cierra el pico!

¿Y Cierraelpico?
Se tiene que callar.

Al día siguiente,
Mamá Gallina lleva a sus pollitos a la porqueriza.

–Voy a presentarles a otro vecino.

¡Ah, el cerdo! ¡Qué contento se ve de estar todo mugroso!
¡Parece que disfruta como loco revolcarse en el estiércol!
Los pollitos están fascinados.

Todos, menos uno, al que eso no se le antoja y que pregunta:

–Dígame, señor marrano, ¿es por algo o por nada
que su cola esté enroscada?

Entonces, Mamá Gallina, los ochos pollitos, el gallo, la vaca
y el cerdo se ponen a gritar:

—¡Ay ya, cierra el pico!

—¿Vas a callarte, pollito,

vas por fin a callarte?

—¡Cierra el pico!

¿Y Cierraelpico?
Se tiene que callar.

El miércoles, Mamá Gallina lleva a sus pollitos al estanque de los patos.

–Voy a presentarles a nuestra jefa.
¡Cuidado con la oca, tienen que ir muy derechitos!

¡Ah, la oca! ¡Cuando uno la ve, le cree y no discute con ella!
Los pollitos están dominados.

Todos, menos uno, al que no le
impresiona y que pregunta:

–Dígame, señora,
¿es siempre la oca,
a la que no se toca?

Entonces, Mamá Gallina, los ochos pollitos, el gallo, la vaca, el cerdo y la oca se ponen a gritar:

–¡Ay ya, cierra el pico!

–¿Vas a callarte, pollito, vas por fin a callarte?

–¡CIERRA EL PICO!

¿Y Cierraelpico?

Se pone a llorar.

–¡Basta!
¡Estoy harto de que me llamen Cierraelpico!
Estoy harto de que me digan todo el tiempo que me calle.
¡Si esto sigue así, me iré!

Y todos empiezan otra vez a gritar:

–¡AY YA, CIERRA EL PICO!

Entonces, sin decir palabra, Cierraelpico se da la media vuelta y sale del corral. Y todos comentan: "¡Por fin, la paz! No podíamos más...".
Todos, menos Mamá Gallina, que se queda callada.

A la mañana siguiente, el sol no sale.
Por más que el gallo se desgañita,
sigue siendo de noche durante el día…

Al otro día,
la vaca enloquece,

el cerdo se baña

y la oca camina sin
saber a dónde.

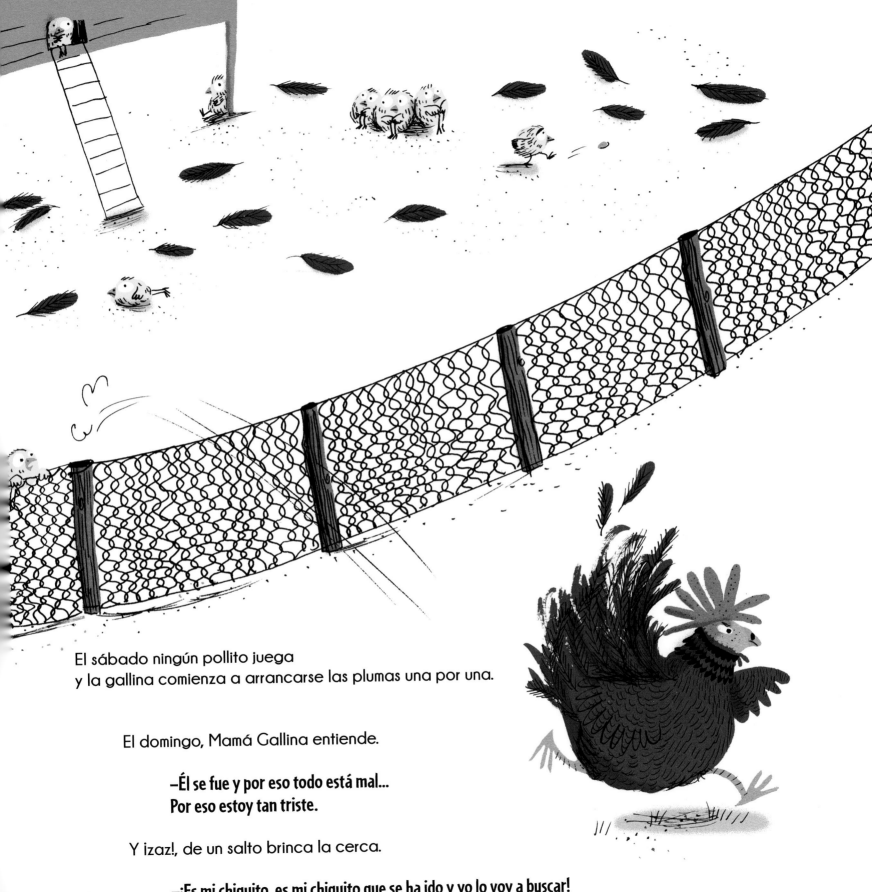

El sábado ningún pollito juega
y la gallina comienza a arrancarse las plumas una por una.

El domingo, Mamá Gallina entiende.

—Él se fue y por eso todo está mal...
Por eso estoy tan triste.

Y ¡zaz!, de un salto brinca la cerca.

—¡Es mi chiquito, es mi chiquito que se ha ido y yo lo voy a buscar!

Mamá Gallina corre, sube las colinas,
atraviesa los bosques y los ríos,
se lanza a través de los campos.
Lo llama, inquieta:

-¿Cierraelpico?

¿Cierraelpico?

Pero no lo ve por ninguna parte y nadie le responde.
¡Con tal de que no le haya pasado nada!

En ese momento, lo oye.

—¡Eh, árboles! ¿Ustedes crecen hacia arriba o hacia abajo?

De puntitas, para no asustarlo,
Mamá Gallina se acerca.

—¡Es él!

Ahí está, y sigue haciendo preguntas:

–¡Eh, Luna!
¿A dónde vas
cuando no estás?

–Y ustedes, borregos,
¿pueden tener la lana limpia?

–¡Eh, allá arriba, nubes!
¿Saben a dónde las lleva el viento?

–¡Y tú, Sol,
¿a veces vas detrás de la Luna?

Pero el pollito de pronto se pone pálido y suspira profundamente…

—Díganme, ¿ustedes creen que por lo menos mi mamá me quiere?

– ¡Oh sí, te amo, querido pollito mío!
–Grita Mamá Gallina que se apresura a tomarlo entre sus alas y a estrecharlo contra ella.

–Perdóname, por favor.
Por supuesto que tenías el derecho de hablar y ser escuchado.
Yo no lo había entendido, no lo había entendido...

Me gustaría mucho que regresaras a la casa.

–¿De veras, mamá?

–Sí, pero con tres condiciones.

Mamá Gallina mira a su pollito y sonríe.

–Sólo te oíamos a ti y tenemos derecho de oír también a los otros,
deberás aprender a callarte, porque no estás solo.
Cada quien en su turno.
Segunda condición: las preguntas están bien,
pero observa primero a tu alrededor, quizá la respuesta ya esté allí.
Si no está, habrá que ir a buscarla, y eso lo podremos hacer juntos.

–¿Y la tercera?

–Sigue haciendo preguntas pero escucha bien las respuestas,
así podrás entender y crecer.
Y todo el mundo lo agradecerá.

–Está bien, mamá.

El pollito se endereza lo más que puede.

–Sí, quiero regresar pero... ¡con tres condiciones!

–¿Ah sí? –dice Mamá Gallina–. ¿Y cuáles, si se puede saber?

–La primera: ¡quiero que nadie me vuelva a llamar Cierraelpico!
La segunda: ehhh... este...
Bueno, la tercera... este... mmm...
¡Ma, no sé qué decir!

–¡Vaya, es la primera vez! –dice la gallina enternecida–.
Vamos, ven, volvamos a casa.

En el camino de regreso, el día se despertó.
El sol salió por fin, la lluvia llenó los charcos. El viento impulsó las nubes.
Y el mundo, al que le gusta que dejen tranquilos a los parlanchines y a los curiosos,
comenzó a girar de nuevo.

Ahora, Cierraelpico sigue haciendo preguntas.
Y también escucha y comprende mejor. Ha crecido.

Incluso ha cambiado de nombre.
Tiene uno nuevo, muy curioso y que le gusta mucho,
y cada vez que llega a alguna parte, está muy feliz de decir:

—¡Soy yo!
¡Bienabierto!

Título original: *Ferme Ton Bec!*

Primera edición en español, 2016

¡Cierra el pico!

Coedición: CIDCLI, S.C. / Secretaría de Cultura

Texto: © Pierre Delye
Ilustraciones: © Magali Le Huche
Traducción al español: © Luis Barbeytia
© DIDIER JEUNESSE, Paris 2014

D.R. © 2016, CIDCLI, S.C.
Avenida México 145-601,
Col. Del Carmen Coyoacán
C.P. 04100 Ciudad de México
www.cidcli.com

D.R. © 2016, Secretaría de Cultura
Dirección General de Publicaciones
Avenida Paseo de la Reforma 175, Col. Cuauhtémoc
C.P. 06500, Ciudad de México
www.cultura.gob.mx

ISBN: 978-607-8351-47-3 CIDCLI
ISBN: 978-607-745-386-4 Secretaría de Cultura

Este libro fue publicado en el marco del Programa de Apoyo a la Publicación
de la Embajada de Francia en México/IFAL y del Institut Français

¡Cierra el Pico! se imprimió en los talleres de Quad Graphics,
Durazno 1, Col. San José de las Peritas, Xochimilco, Ciudad de México
El tiraje fue de 4 000 ejemplares.

Impreso en México / *Printed in Mexico*